JN024452

迷走する空

原満三寿　句集

深夜叢書社

迷走する空　目次

装丁　髙林昭太

句集　迷走する空

俳乞食の空

莫逆の俳乞食が秘す青地球

風ひかる俳乞食がさがす明日の空

行く秋や厠に長っ尻の俳乞食

人の世の阿鼻ともみあう俳乞食

俳乞食　雁のまねしてジグザグす

俳乞食　絶滅危惧種を哀しみぬ

俳乞食　異相のアケビは鬼だろう

俳乞食　おのれの百鬼を夜行さす

俳乞食　風が好きなる蒼空を見に

俳乞食　見えて見えない迷う空

俳乞食　入り日の空に手をのべる

淋しさや此岸にぞめく俳乞食

震災十年なぎさに骨灰きてかえす

凍月の渚にポックリながれよる

亡魂も弱日(よろび)の斑雪(はだれ)つめたかろう

春の海ドルフィンーキック幻泳す

水ぬるむわたしの野晒し家を出る

木の芽晴　光のつぶつぶ笑いころげ

一方的に老いの隙間に春うらら

きさらぎの水の若衆うるさいぞ

筍を老孤をかかえ残尿感

夏はての夜に名残の空（から）けむり

あきのそら股間けだかく不立文字

火遊びは冬晴ならば消しやすし

青野にて萻の結界とく説かれ

人体の夢殿を〈我れ発見せり〉

青春は面影橋だよ針千本

西日さす下宿に未生の俳乞食

雪渓に天逝おえば暴れ川

反り橋をまねて一夏(いちげ)を惜しみたり

微雨に花　他界あそびは秘すが花

雨やまず仇を炙ってひとり酒

よく酔えば一緒にねたがる山の音

生酔いのお前(め)さが棄てた山男

ひとり酌むひたひたとよる海の凪

通夜の宴　死化粧の女おきあがり

まんげつへ老老介護の　〽赤とんぼ

まんげつや逆旅にさそう殺生石

まんげつやつるつる頭ぬっとでる

まんげつを踊る狸のY・M・C・A・

青不動　木の芽の色を微雨に聴く

交番に道をたずねる所化上り

万緑や中有の人に道きかれ

蟬寺の膝小僧たちよく笑う

悪童と夕陽へ祈る尺取り虫

「門」ひらく合歓の木陰で無字の僧

からっぽの浮巣をのぞく眼横鼻直

萩みだれ古刹の庫裡に乳ぜり声

腰あつき花も嵐も死の山へ

生と死の三山めぐる雲の峰

死の山の夢にはびこる月山竹

のぞいたるバストをのぞく即身仏

白骨の塔から凍蝶　はくらくす

禁欲も醍醐味ならん木食仏

断酒して向日葵まぶしいゴロ寝仏

禁断の落暉をのんで歓喜天

枯蓮の悲鳴を弾く技芸天

身を焦がす炉端にひとり木っ端仏

夢にまたガンダーラをさまよえり
またひとり黒蝶の道に迷いこむ

路地ごとに空蟬老人ふきだまる

夜の底　雪折れ火事の秘儀しばし

風花が火の粉となりぬ娘(こ)となりぬ

ヤマヒメを割って昴ぶる無尾のもの

*ヤマヒメ＝アケビの別称

裸木の夜のひそかな内耳音

多情多恨いちどもなくて百日紅

サラートのみな尻上がる胡楊の樹

*イスラム教の礼拝

上座部のノマドとなって火炎樹

曲り屋の尿（ばり）に埋み火おきあがる

帰ろうか鄙のボロ着へ蒙古斑へ

野分後の手負いの山の面魂

黙契や寒帯林に野獣死す

一揆して棄民となりぬ夢三日

化外とす仍如件（よってくだんのごとし）彼岸花

柳絮とぶ道々の者すこし笑う

泡立草エンガチョとや囃される

頬杖にときどきくるよ鮃の目

残照の宙に翻車魚　列をなし

鰡とんだ化外の反骨とんでみよ

俳人に鮟鱇いまだ〈ぶちきらる〉

全長で笑いころげる春の帯

春昼や化粧のはてに乱心す

失火してさまざま佯る夏の肌

みちのくの漢に逢うに草木染

霧の橋おさななじみを越えられず
だまる背と風の行方をただみつめ

エルメスと海鞘おそれつつ甘噛みす

ブルガリも銀河もおどろく凍裂音

さあ舞えと凍蝶を蹴るハイヒール

内弟子の肌膚をなぞるにたらしこみ

カワラヒワ鳴くや人肌おきなさい

鏡台が　〽帰りはこわい　と薄笑う

夢の島へ抜き手を切ってみたのだが

鳥かえる古代緑地へいざかえる

いきいきと死を説く人と秋の暮

雁もとぶ人生劇場エンドレス

峠越え　〽どんぐりころころ　どさ回り

彩雲やほんじつ一座はふうらい坊

ちぎれ雲　ジンタの楽隊ジンタッタ

きな臭い尾灯に女形のこころゆれ

水中花かりそめしらぬガキ大将

川筋を鳥語おいかけ指切りす

沈下橋わたれずわかれた一夏（いちげ）かな

大将の涙によりそう夏木立

鬼ごっこつぎつぎきえて合歓の花

鬼ごっこ人間万事迷子かな

鬼さんのひとりふたりは鵙の贄

はなったれの谺とびかう山葡萄狩り

かくれんぼ長じてとくいはくもがくれ

かくれんぼマスクのはてのデスマスク

みんなしてわらい茸などぶちにゆく

弱き虫　全山紅葉をうけいれず

窓のぞく古い梯子の夢の埒

一夜二夜　窓に葉月のビンふえる

いのちたちの空

秘技つきて浮世を吐きだす大蛤

口縄が朽縄のんで無窮晴れ

空蟬に蛞蝓はいり蝸牛面（かぎゅうづら）

逝きてなお下駄カラコロと野菊道

春雷や森の秘部から闌けはじめ

春はしゃぐ〈森の尿（いばり）〉の川ながれ

ムササビと星を聴いてるサルオガセ

人声に風の病葉よってくる

風車ぐるぐる遠くへ獏の旅

獏の夏たがいに肋をのぞきあい

秋たちぬ岬に貘のバックーパッカー

ひとり聴く背骨の音よ貘の冬

この国のヒーローさびし鬼退治

こめかみで嗅ぐおもかげや鬼は内

焼きすてる鬼籍を見入る女鬼

花ふぶき次に幽鬼は薪能

メジロ鳴く空気が好きな人が好き

花ずおう図鑑の恐竜とうたた寝す

陶酔と羞恥になやむ赤翡翠（あかしょうびん）

葬の娘がいちべつしたる鶯餅

しなしなと老狐しなしな雪おんな

春宵やのっぺらぼうとのっぺらす

梢あかり座敷童と氷下魚むく

風花が地蔵の生飯(さば)めく沈下橋

野良犬うえてついに人灯に屈伏す

猫に恋　野良犬に野良　うごきだす

斬猫を踏んづけてゆく山の風

＊南泉斬猫

いそがしや意馬心猿の犬や猫

地獄絵をげらげら笑う揚げ雲雀

ザイチィエン　空へ日傘を笑み咲かせ

＊再見

ほおべにをさして兎の白昼夢

春の土モグラの骸をだしてみせ

鶸なく里の言葉で人おくり

鵯(ひよ)やかまし我は真剣白髪取り

羽脱け鶏こっぱずかしさに立ち眩む

脱走す自己憐憫の羽脱け鶏

蝶を追うおいらが見える股のぞき

こらえきれず把手に乗っかる蝸牛

松毬を風のスカラベ転がしぬ

跳びはねる高みを見んと水馬

生ぐさい揚羽の羽化や昼の小火

大菩薩峠に妖剣いぼむしり

おとろえる狂をかなしむ木守柿

白桃の琺瑯を剝く夜汽車にて

雨の通夜　門灯にたたずむ同行者

雨あがる　つぎはぎつきぬ紅涙譚

雨の辻　野良(のら)犬よりそって隙を埋め

にわか雨　ポニー‐テールひるがえる

カタクリを咲かせた風に手をいれる

風ころげ春のはらわた嗅ぎまわる

同罪よ……長夜の風が手にからむ

耳をなめ花野をなめる風は舌

擦り傷はないしょの話しで青リンゴ

栗クルミあつまり餓鬼もあつまりぬ

紅梅を顔面でかぎ幼稚園へ

椿ちるチベット僧の大足に

毒を吐く老鴉と旧知の白詰草

白馬に呑みつくされし謀反の本

＊白馬（しろうま）＝にごり酒

解脱門の白侘助とニアーミスる

白隠の達磨をすがめる冬の蝿

底紅をいちいちのぞく迷い人

底紅やおととい憎いまなこ恋う

ぼうたんの余熱でとりだす古写真

オランダの破瓜けらけらとチューリップ

枇杷ひとつ無用の人が無心する

海にきて瑞穂の美貌をちょうだいす

＊瑞穂＝房州の枇杷

枇杷のゼリー無宿にたまわる海の夕

海宿の姉妹に添い寝の枇杷ふたつ

花になる途中の悲鳴が隣家から

鐘の音が途中でみたる焼けぼっくい

途中まで春の道化と連みたり

途中からこわき万緑の深情け

プルメリアひろっていちにちポリネシアン

空気ごと烏瓜の花をわたくしす

渓流の葉騒の飛沫に遭いに行く

さみだれの現象（さま）むきだしに谷の川

木漏れ日の姫鬼に惑う老バラ園

薔薇垣に顔くらくして貌みつめ

岬にて姫鬼とのぞく崖っぷち

お別れや岬のカマキリ斧ふりぬ

ひるすぎの野火の美貌を小火焦がれ

はぐれたる少女も野火も修羅いまだ

野火はしる無我夢中なり多情なり

野馬たちがおそれる野火の大腿筋

山の肩に雨脚かかる午後と居る

山ねむる手漉きの里のコウゾ蒸し

啓蟄や地震腰痛山親父

ナナフシの擬態を匿す山の人

オニヤンマ諸悪莫作のぎょろ目する

ぎょろ目して今を蜻蛉のさびしさや

想い断つ百尺竿頭にギンヤンマ

イトトンボつるんでママチャリよく走る

半島の空おおきくて虫しぐれ

草ひばり家出俳人……信濃路に

老犬の昼寝のふぐりを蟻またぐ

女郎蜘蛛ふとって村の娘よくはずむ

濁声の蔓にかつては子守唄

老人と蔓がのこって蔓だけに

疣（いぼ）の蟇ぐにゃと本能あるきだす

廃屋を曳きずらんと蟇の四股

土手に迷いベリーダンスの大蚯蚓

事なかれ主義で百足を渉らせる

絶滅危惧種の空

凍て百夜シマフクロウの飢えねむる

シマフクロウ翔る命のまっただなか

森はなやぐ絶滅危惧種　抱卵す

梟もヒグマも神(かむい)の逆旅かな

人もまた絶滅危惧種か陽炎える
絶滅の過客がわたる虹の橋

人というその淋しさに焚火もえ

逃げ水につまずきあんた遠いなあ

辛夷咲くテマエショウゴク黒い川

雪の谷　黒くのたうつ仮死の川

＊洗炭で炭鉱の川は真っ黒になる。

カナリアが死んでシホロの川清し

＊かつて炭坑ではカナリアでガスを検知し、採鉱・洗炭を中止。

身にいまもシホロカベツはさまよえる

＊シホロカベツ＝夕張川支流。谷の川沿いに炭鉱街が栄えた。

まつろわぬ己が扉を野に放つ

ノマドして扉をあければ黙る空

多情なる青野に扉たちすくむ

潜るものなくて扉の夏はてる

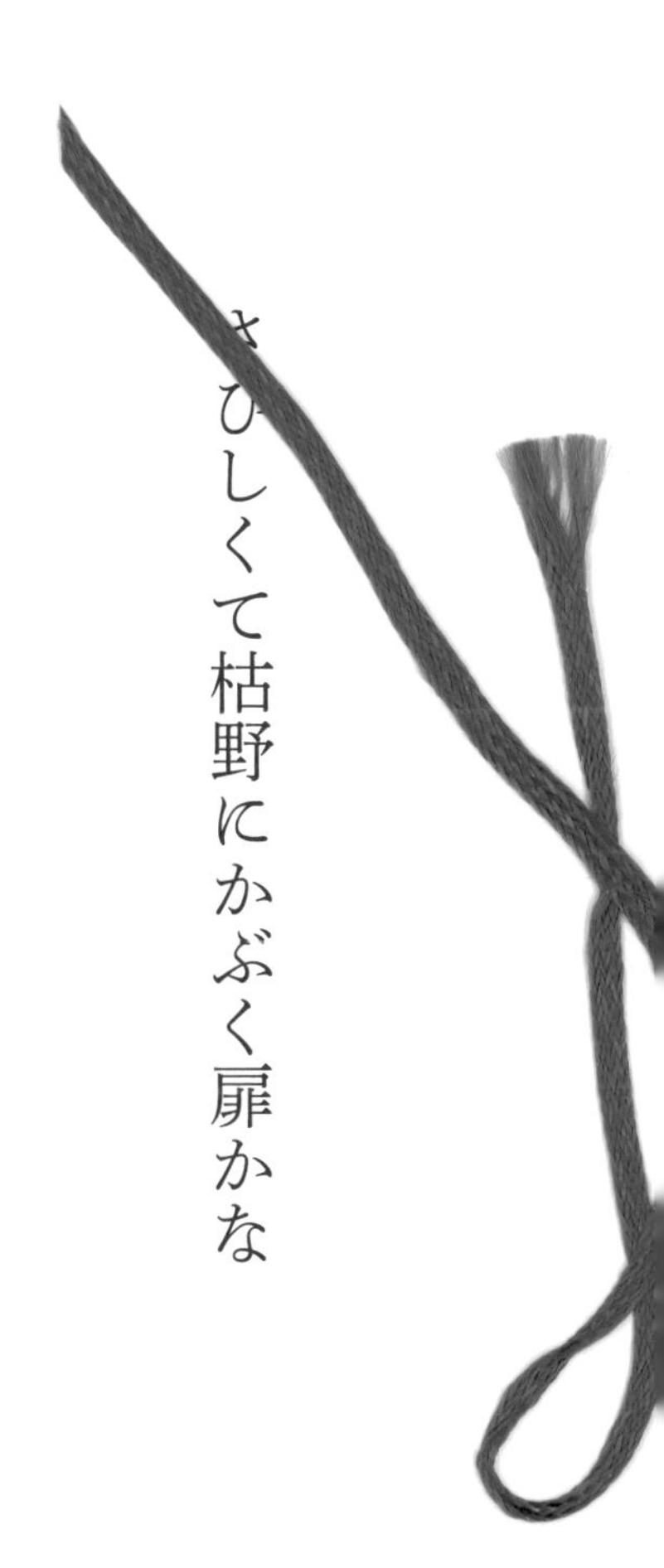

さびしくて枯野にかぶく扉かな

暮れてなお扉をたたくクヌギの実

夢だった　甃れた扉をおおう雪

死に臨み扉がきいたる発芽音

初蝶のいのちをそっと抱くゴリラ

葉っぱかぶり帰雁ととぶゴリラの子

夜遊びのゴリラの猫背に春の雨

薄暑かな輪ゴムとあそぶボス－ゴリラ

夏ふかし寝釈迦のかたちに老ゴリラ

青あらし威しをかけるシルバー－バック

＊成雄の白毛の背

雁渡し禿頭ゴリラ座を追われ

新ボスやバナナを分かつにためらわず

生き死にの絶景に嘯く白障子

睡れずにガンジス河に佇っている

一寸の仏と山の星あびる

＊一寸坐れば一寸の仏（禅語）

ゆうやけの稚児が横抱く山法師

一神教の神あつまって闇夜汁

断食の大食(タージ)の人の夜の小腹

凍蝶に息吹きかけて宙に放つ

霜柱とけだすおのれに憮然とす

解脱門ぬけてさえずる蝶一頭

殺仏で無神の友の一目惚れ

冬の蝿「不滅の法灯」に飛びこみぬ

敗戦忌　虫の貌して影すだく

青娥なる割れもの注意かぐや姫

まよいびと出没注意はるのどろ

どんぶらこ天地無用の桃ながれ

一茶忌の翌日わたしの誕生日

馬喰の荒ぶる淋しさ輓馬市

弘法市　日に曝されて小町九相

黄昏を売るババもあり鬼灯市

このジジもオマケでどうかと蚤の市

小春日や空にただよう一銭五厘

春の川あまたの尻尾がながれくる

一睡の夢に空蟬炎上す

柱時計ふいに鳴りだす脊柱管

菜の花や少女にぶあつい鯉の口

紅梅の泥まみれなる喜悦かな

あさがお全開　三千世界をさびしがり

白鳥は水面のおのれを撲って抱く

砂州めぐり夕餉にあつき雁擬き

遠山へ煮こごりくずす二階かな

菜飯ずき石頭村の天邪鬼

生きいそぐおとこに菜飯－民田(みんで)なす

ファドに酔い遠い子宮へ還るかな

コスモスや太鼓（プク）拍つ空に「千年鶴」

＊パンソリ、西便制（ソピョンジェ）

もみあってバンドネオンの影絵かな

春の夜半　芳一はっしと「壇ノ浦」

春の午後　単線軌道のズレはじまる

夏の午後　乗換駅に絽のおんな

秋の午後　ホームにながいホイッスル

冬の午後　弱日におぼれるレール跡

火焰めく柿に触れんと草枕

吊し柿〈こゝに住みたい〉と山頭火

火車おらぶ〈かえりなんいざ〉雪国へ

尿意に耐え夜汽車の灯下に「野火」ひらく

雷神が一閃さらす桔梗の刃

風神が手透きにひねる火焔土器

死神も顔をそむける〈封印切〉

貧乏の神がひた押す火の車

黒い蟻くろぐろくろぐろ爆心地

地に芙蓉　空に叡知のキノコ雲

＊叡知＝サピエンス

狐火が列なし枕頭を渉りたり

列車くる初老のごとき劣情の

絶頂で棒高跳の宙きえる

着地せぬ三段跳に雲むれる

槍投のとどかぬ彼岸の後ろ影

ボロのまま競歩に案山子とびいりす

春は天動　秋は地動説を肯えり

柄になく初音のバンケを摘みきらず

寒あけるとりだす人体解剖図

引出しを探ればかの夜の死に蛍

どれみふぁそ柳絮に土橋ゆるみだす

まるきばし野菊へ心音はしりだす

明日の空へ

金子光晴

「蛾」の人は〈一億二心〉でスカトロジー

鬼の児の水の流浪にまぎれる蛾

オオカミは〈きよお！と喚〉き産土へ

金子兜太

獺祭忌なべやき八杯もありぬべし

毒虫に変身しやすき無用人（びと）

秋の戸を敲いて押し入る大鴉

青ざめた時をただよう酔いどれ船

男爵を待って死を待つ観潮楼

夏の空なくて渚の千鳥跡

青猫とくしゃくしゃ吠える虫歯酒

秋晴れや乱歩の「芋虫」乱入す

後れ毛をかき上げ〈人生足別離〉

＊于武陵「勸酒」より

きいきい声の庵主はすずし良寛忌

*庵主＝貞心尼は自分の声が嫌いで、一弦の琴に合わせて読経したという。

みぞれるや啄木らしきが門灯に

鳥目をのがして牧水の野となりぬ

雪つばき晶子の容(すがた)に炎えあがる

ざくろ熟れ微笑仏めく「麗子像」

夕鴉つがいでたたずむ「晩鐘」か

赤提灯サトゥヌスかもラムチョップ

モナリザに九相が無くて桃の花

小突きあい嗤いあったるキツツキ科

皆だまる明けの抗夫はペンギン科

春の海てんぷくしやすいマンボウ科

食われつつ生をつぎゆくカマキリ科

プラゴミを呑まされ鯨鯢ゲイゲイす

虹霓の宴に縄跳び縄電車

頤和園の麒麟にからむ柳の絮

鳳凰の空に神なき宙ひらけ

蕎麦たぐる後ろ姿が九鬼周造

晩夏光ぼんじり囓って江戸兵衛面

人に口〈天に口無し〉東坡肉（とんぽーろー）

ホルモン焼〈亦た説（よろこ）ばし〉と仲尼顔

咸陽の〈奇貨居くべし〉や天安門

荊軻さり蕪村あらわる葱ながれ

ドローンおう空の青さは果てしなく

空あらすドローンに飛燕居合斬り

月桃や美ら海ばかり亡己利他

まほろばの〈善人猶以て〉核の傘

廃炉道いきどまりです〽通りゃんせ

〈核災〉はまたおこします叡知人（ホモサピエンス）

＊核災＝南相馬市の詩人・若松丈太郎さんの造語。今年四月逝去

吊橋をわたって木地師　発火せり

三月の棘のぬけない鍼灸師

雫する葉っぱとさすらう徘徊師

錬金師　花の尸解を蝶に変え

皮剝ぎ師　貘はぐまえに夢をぬく

永き日や理髪師をあたる姉女房

虹の根に乙女を埋める橋脚師

青鷺師　雑魚を噍むとき目を瞑る

火の性と死性の遍路に二重虹

同行を南風そそのかす〈須可捨焉乎（すてつちまおか）〉

雨やまず手負いを愛しむ夜の底

手に余る乳房と歩く草に棘

雪の辻　お足が足りず佇ちつくす

月の辻　ここよここよと水子たち

花の辻　ひとり犇めきひとり倦み

草の辻　弊履がいやがる泥の足

花吹雪ときに血吹雪となりぬべし

しゃあしゃあ鳴く現人神のサドンーデス

大神は死なずニホンオオカミ絶滅す

菊まくら産んだ子より抱いた神

著莪にふれ雨にうたれる石羅漢

自切りした蜥蜴の行方杳不知（ようとしてしれず）

マザコンの鬼が怪しむ大ズロース

鯰うき　つまらぬものぞ極楽図

聡太の〈飛〉To be or not to be 青嵐譜

＊二〇二〇年八月　王位戦第四局　藤井聡太の封じ手

きさらぎの粘菌迷路きらきらす

雨つぶもニュートン環もわが星雲

油照りリーマン球面よく曲がり

欲望に疲れたビン・カン油照り

熱帯夜　ラゴラは胸を手で開く

＊ラゴラ＝釈尊の嫡子にして十大弟子の一人。萬福寺

炎帝へ一揆の裔は〈○〉を描く

＊ある一揆は筵旗に小さい○（困る）を描いて強訴した。

国の家の〽リンゴ可愛いや　民の人

COVID−19　〽誰のせいでもありゃしない

温暖化　〽みんな俺らが悪いのか

春いちばん爺の暴走まず妄想
野蒜つむお婆(ばあ)はついに野となりぬ

反り橋の反りと曳きあう秋の空

こころざし　空いっぱいに蟬の尿(ばり)

迷走する空に草木虫魚万霊塔

迷走する明日の空へ　〽てる坊主

コロナまた〈不易流行〉と俳乞食

俳乞食のぞむ明日の青地球

迷走する空　畢

瞑想する空への誘い

齋藤愼爾

句集『迷走する空』は、「俳乞食の空」、「いのちたちの空」、「絶滅危惧種の空」「明日の空へ」の四章から構成されている。まず注目した句を挙げてみたい。

〔I〕

莫逆の俳乞食が秘す青地球
俳乞食　おのれの百鬼を夜行さす
微雨に花　他界あそびは秘すが花
「門」ひらく合歓の木陰で無字の僧
死の山の夢にはびこる月山竹
禁欲も醍醐味ならん木食仏
野分後の手負いの山の面魂

俳人に鮟鱇いまだ〈ぶちきらる〉
鳥かえる古代緑地へいざかえる
かくれんぼ長じてとくいはくもがくれ
〔Ⅱ〕
空気ごと烏瓜の花をわたくしす
〔Ⅲ〕
森はなやぐ絶滅危惧種　抱卵す
一寸の仏と山の星あびる
一神教の神あつまって闇夜汁
春は天動　秋は地動説を肯えり
〔Ⅳ〕
金子光晴
「蛾」の人は〈一億二心〉でスカトロジー
金子兜太
オオカミは〈きよお！と喚〉き産土へ
秋晴れや乱歩の「芋虫」乱入す

後れ毛をかき上げ〈人生足別離〉
〈核災〉はまたおこします叡知人（ホモサピエンス）
皮剝ぎ師　貘はぐまえに夢をぬく
同行を南風そそのかす〈須可捨焉乎（すてっちまおか）〉
花吹雪ときに血吹雪となりぬべし
俳乞食のぞむ明日の青地球

冒頭に「俳乞食」が出て来る。この話を説明するには、原満三寿氏の初期のエッセイを紹介するのがいいのではないかと考え、以下の文章を引用することにする。因みにこの文章「人でなし俳諧のすすめ」は今から三十八年前、俳誌「現代俳句」（一九八五年刊）に掲載され、私が原氏に私淑するきっかけとなったものである。

「俳諧の〈俳〉という字は、人と、そむく意と音を示す非（ヒ・ハイ）とからなる（略）。俳の字は〈人に非ず〉と記すように、非人を意味していた。非人、人非人、人でなしの意なのである。柳田国男の〈常人ならざる漂泊者〉であり、折口信夫のいう〈まれびと〉でもあったろう。（略）惟然坊のように、市中に身を隠す（陸沈）ことによって、新しい徘徊の姿勢を露わにした者もいる。今日にいう〈定住漂泊〉は、こうした徘徊者の非人の姿を現代に再生するものでなければ、伝統に学んで現代にアウフヘーベンすることにはけっしてならないであろう」

俳乞食は陸沈することに安住することなく、「おのれの百鬼を夜行さす」、つまり百鬼夜行する行動に躍り出た非人たる徘徊者への変貌を意味する。

「門」ひらく合歓の木陰で無字の僧

超難解句の登場である。「門」とは何か、そして「無字の僧」とは？　門で想起するのは建造物の出入り口、漱石の小説『門』やカフカの短篇『掟の門』だが、掲句との関連が不明、悶々とあせるだけである。池内紀編訳の岩波文庫『カフカ短篇集』（一九八七年）の巻頭三頁余を占めるこの小説。掟の門の前に門番が立っている。田舎から出てきた男が門番に入れてくれと頼むが、門番は「今はだめだ」と断わる。男は「今はだめだとしても、あとでならいいのか」と訊ねる。

「たぶんな、とにかく今はだめだ」と門番はそっけない。

男は門の脇にすわって待ちつづけた。思いついて門番にたずさえてきた品を贈り物にするが、入れてもらえない。永い歳月が過ぎ、次第に男は衰えて、いのちが尽きかけていた。意識の薄れゆく男は最後の質問をする。「この永い年月のあいだ、どうして私以外の誰ひとり、中に入れてくれといって来なかったのです？」薄れてゆく男の意識を呼び戻すかのように門番はどなった。「ほかの誰ひとり、ここには入れない。この門は、おまえひとりのためのものだった。さあ、もうおれは行く。ここを閉めるぞ」

このカフカの不条理な短篇が掲句と全く何のかかわりもないとは思えないので、ひとまず書き添えておく。なお〈無字〉とは仏語で、「真理は文字に表せないということ」と注釈にある。そういわれても禅問答の如きもので、今の私には要領を得ない。

既成俳句のパロディ、換骨奪胎と思われる句を二、三指摘しておこう。「俳人に鮟鱇いまだ〈ぶちきらる〉」は、加藤楸邨の「鮟鱇の骨まで凍ててぶち切らる」。鮟鱇の句では「鮟鱇もわが身の業も煮ゆるかな」（久保田万太郎）の佳吟がある。「一神教の神あつまって闇夜汁」の一神教は唯一つの神のみを絶対者として信仰する。ここではユダヤ教、キリスト教、イスラム教の神たちが、暗闇の中で、各自が秘密に持ち寄った材料を同じ鍋で煮て、何が入っているかわからないままに楽しんでいる景を描く。「微雨に花　他界あそびは秘すが花」の「秘すが花」は世阿弥の『風姿花伝』にある言葉。「同行を南風そそのかす〈須可捨焉乎〉」は、竹下しづの女の「短夜の乳ぜり泣く児を須可捨焉乎」に由来。

森はなやぐ絶滅危惧種　抱卵す　満三寿

この句の下五は「抱卵す」は「托卵す」の方がいいのでは？　抱卵は親鳥が卵を孵化させること。托卵は「ホトトギスやカッコウなどが、ほかの種類の鳥の巣に卵を産み、抱卵、育雛させる習性」をいい、絶滅危惧種のテーマに連想が広がるのではとも考えたが、やはり抱卵でいいと思い到る。

「後れ毛をかき上げ〈人生足別離〉」の人生足別離は于武陵の詩「勧酒」で、『サヨナラ』ダケガ人生ダ」と訳したのは井伏鱒二さん。

鳥かえる古代緑地へいざかえる　満三寿

「古代緑地」は、もしかしたら詩人吉田一穂の言葉を指しているのでしょうか。三十年ほど前に、私は真壁仁氏の『吉田一穂論』を出版しております。吉田は「生物本能の根源は生地指向の回帰性である。感性的傾向は種保存の純血性である」という結論のために、彼はある時期に地軸が三十度傾いて、かつて草木の緑が地を蔽い、鳥獣の楽土であった地帯が、氷雪と凍土に化したという仮説と、候鳥の群れが、失われた楽土に帰還するような、生地指向の例証とを提示している。

真壁仁さんは、吉田一穂宅でのことを語ってくれた。吉田一穂は地球儀をまわしながら語ったらしい。「あるとき地軸が三十度傾いたんだ。あるとき、というのは仮説だが、仮説が君たいせつなんだ。仮説がなければ実証もない。実証は科学者がやればいい。詩人は仮説をもたなければならん。創造力がなければそれは不可能だがね。ところが地軸が三十度傾いたために、温帯が極になってしまった。緑地が氷原に変ったのだ。白鳥は……かつての緑地、今はツンドラになった故郷に還る。あの古代緑地に回帰する本能。かれらの帰巣のための飛翔や泳走に方向感覚のあやまりはない。磁気のように正確な方向軸を自ら持たぬ奴は詩が書けない」——真壁仁氏、吉田一穂氏の顔が、いつしか原満三寿氏の温顔と重なった。その背後からカフカが「色即是空」と唱えながら透明な浮遊体になり、掟の門をするりとくぐり抜けて、『迷走する空』へと向かう姿が幻視されたのだった。

あとがき

血液検査の結果、わたしは水分が不足、もっと水を飲むように、とのことでした。そう言われると、なぜかわたしの俳諧もいささか水分不足のような気がしてきました。困ったことです。

わたしたちの地球もやがて地球規模の水飢饉となり水戦争もありうるといいます。水だけではありません。温暖化による激越な気候変動、海洋汚染、原発、優生学、ナショナリズムなどなど、ご承知のとおりです。核災原発を廃炉にするには数世代かかるという説さえあるそうです。

この先、地球はどうなるのか、生き物たちはどうなるのか。そんな思いに駆られ、「迷走する空」と題した所以です。

それでわたしに何ができるかといえば、俳句面した俳句や無精卵まがいの俳句はできませんので、迷走するものに向けての俳諧を、と愚考しているのですが、枯蟷螂のごとく妖剣戯作丸をふりかざすばかり。困ったことです。

今回も、跋を齋藤愼爾さんに、装丁を髙林昭太さんにお願いしました。いつもお二人のご好意に甘えて、ありがたいかぎりです。

齋藤さんには、わたしの拙い意図や未熟な句を補完しながら読み解いていただき、万謝申しあげます。

二〇二一年　　傘寿の晩夏　　著者

原 満三寿 はら・まさじ

一九四〇年 北海道夕張生まれ
現住所 〒333-0834 埼玉県川口市安行領根岸二八一三―二―七〇八

略歴・著作

□俳句関係「海程」「炎帝」「ゴリラ」「DA句会」を経て、無所属
■句集『日本塵』『流体めぐり』『ひとりのデュオ』『いちまいの皮膚のいろはに』『風の象』『風の図譜』（第十二回小野市詩歌文学賞）『齟齬』『迷走する空』
■俳論『いまどきの俳句』

□詩関係 「あいなめ」（第二次）「騒」を経て、無所属
■詩集『魚族の前に』『かわたれの彼は誰』『海馬村巡礼譚』『臭人臭木』『タンの譚の舌の嘆の潭』『水の穴』『白骨を生きる』
未刊詩集『続・海馬村巡礼譚』『四季の感情』

□金子光晴関係
■評伝『評伝 金子光晴』（第二回山本健吉文学賞）
■書誌『金子光晴』
■編著『新潮文学アルバム45 金子光晴』
■資料「原満三寿蒐集 金子光晴コレクション」（神奈川近代文学館蔵）

句集　迷走する空

二〇二一年十月八日　発行

著　者　原満三寿

発行者　齋藤愼爾

発行所　深夜叢書社

〒一三四―〇〇八七
東京都江戸川区清新町一―一―三四―六〇一
info@shinyasosho.com

印刷・製本　株式会社東京印書館

ISBN978-4-88032-468-5 C0092

落丁・乱丁本は送料小社負担でお取り替えいたします。